유머극장

도서출판
작가마을

사이펀의 시인 ⑤

유머극장

조 준 시집

사이펀의 시인 5

유머극장

초판인쇄 | 2019년 12월 1일
초판발행 | 2019년 12월 10일

지 은 이 | 조 준
기　　획 | 계간 사이펀
주　　간 | 배재경
펴 낸 이 | 배재도
펴 낸 곳 | 도서출판 작가마을
등　　록 | 2002년 8월 29일제 2002-000012호
주　　소 | 부산광역시 중구 대청로 141번길 15-1 대륙빌딩 301호
　　　　　T. 051248-4145, 2598　F. 051248-0723　E. seepoet@hanmail.net

ISBN 979-11-5606-137-3　03810　정가 10,000원

고동이 고동을 찾아 헤매다

자갈색 파래가리비에 달붙어 웃고 있다

2019년 초겨울

조 준

조 준 시집

• 차례

조 준 시집

제1부

1분

　역전시장의 위엄은 '1분 이내로 포장해드립니다' 차가운 목전 둥글둥글 막장 굴린 한 장의 배춧잎 덤으로 드려요 딱 1분만 기다려요 숙성 덜 된 고추짱아지 펄펄 날뛰는 양파 이것도 덤이라니 1분은 참 부드럽고 달콤해요 오래 숙성된 것보다 살아 움직이는 사양 벌꿀 판 벌이고 곧 멸망할 거야 얼기설기 하나하나 풀어지는 검정 솥의 열꽃 계속 솟구치기만 해요 뜨끈한 배춧국물이 다 졸아 어떡해요 이제 집으로 돌아가요 아직 늦지 않았어요 그래도 시든 것은 값이 안 나가 중앙시장 안 포장마차 주인 빨강 립스틱 묻은 소주잔 키친타월로 스윽 닦아내며 중얼거렸다 나는 다 알아듣지 못했다

여름의 얼굴

겨우 래시가드 수영복 샀다 오랫동안 붙박인 겨울의 얼굴 너무 커 창문마다 불 끄고 소분한 바람 돌렸다 물안경 쓰며 살아내는 것 아닌 일 오리발이면 끓아 떨어져 나앉을 일 바나나껍질 벗겨내는 것처럼 가벼운 일 아니에요 햇볕 품은 사람들 온 열병 올라오고 떠나야 한다는 것에 대한 생각은 불면의 바다처럼 노란 조등 밝히고 뜨거운 햇살 익어가는 생명들 아슬아슬하게 목숨 두 손 받쳐 들고 올록볼록한 얼음들 들끓고 있는 마당 조금씩 어울려야지 블라디보스토크로 가는 열차는 차가울 것이라는 소란도 잠시 언제 그랬냐는 듯 올 여름 휴가 뜨겁고 긴 그 집요한 기록들 보일락 말락 넌 오느냐

처음 오신 분

　엘리베이터 기다리고 농협 번호표 뽑고 전광판 숫자 기다렸다 영문으로 잔고증명 나왔다 잔고미달 아니라니 버스를 탔다 시간은 턱까지 차올라 지하철 타고 숨 고르고 엘리베이터 눌렀다 B동 비상계단을 이용하기로 했다 번호표 뽑고 접수하고 또 번호표 뽑고 예방접종 따라 농협인지 구입하고 '처음 오신 분' 클릭하고 순서 기다리고 별도 수납했다 드디어 A동 약제부에 접수번호표 떼어주고 주사약 나왔다 B동 주사실 순서 여섯 번째 황열병 예방접종 끝났다 2층에서 1층으로 B동 A동을 오가며 오래 기다린 여권 찾았다 일행은 내가 할리커피 점에 도착하기를 간절히 기다리고 있었다 서류작성에 탐정소설을 처음 접한 것처럼 의자들이 벌겋게 저려있었다 아주 간단하고 단순한 일이 아니었다 오늘은 막바지 도착지점에 도달해야합니다 사인은 하나도 놓치지 않아야 해

유행성 칩

첫 눈 내렸다

평창 같은 창 하늘 향해 열리고
다운 패딩 입은 아이들 모여들었다

불 켜진 두 손 받아 뭉치는
그들만의 사각거림

교통통제구간 어른어른 비치는
익숙함 밀려나갔다

사람들은 A형 독감 진단 받지 않았고
가까스로 나는 받았다

밍크코트 진료실 바닥에 떨어져 있다

며칠이 담긴 밥은 밍밍했다

시간의 오카리나 어디로인지
빠르게 변해가는 멜론선인장

양곡상회 겨울 채비
홍당무 토끼처럼 뱃살 늘어나고 있다

검정 물고기

　　－ 부추

잘라도 또 자라니까
자꾸 잘라주었다

하나에서 백까지 수분이 적어서
까매질 때까지

부추꽃의 고고함을 보았냐는
산내 주말농장 주인에게

초록은 초록일 뿐이라고 말하려다

소나기보다 한발 물러나서
가끔 아무것도 안 할 자유

막 건져 올린 다시마의 반짝거림

이미 수평선 너머로 사라진 한 조각
물고기비늘

때로는 예수가 검정 고무신을 끌고
에스컬레이터 속도에 속도를 타고
올라간다

파종하는 날

그리 급하게 후드득 잡아끌지 마시고요

강렬한 땡볕의 위엄 밤고구마처럼 타박거려요

어느 날 국지성으로 내린 빗물이 뚝뚝 넘쳐나서 눅눅한 몸 널 곳 없었어요

원하는 것과 원하지 않은 것들은 끊임없이 시도해요 조율을

잠시 긴 심호흡 한번 만요

퉁퉁 부은 거울 있는 그대로 들여다보기로 했어요

살며시 원앙의 속살 보여요

> 황적청백흑 실타래 바늘 가위 바늘꽂이 골무까지 담아요
> 외풍은 오방주머니에 남겨 놓아요
> 스노드롭 원앙의 꽃으로 피어올라요

깻잎

흐르는 물 쉬이 타협하지 않기로 했다

온 몸 잔털 차가운 먹빛
그대로 마시기로 했다

보이지 않는 손
나를 잠시 담가뒀다 흔들었다

아직 사랑이 잔류하고 있다

안쓰러움보다 더 끈질긴 생명

쇠덕석*

아직
삼월 중턱

등 근육 자라나
손바닥 비벼가며 온기 나누는

부르튼 손 너덜너덜해질 즈음

땅속으로
말뚝으로

새파란 눈물 젖어있는
노란 복숭아 물 같기도 한

스르륵

먼지 폴폴 비포장 십 리 길

움푹 파인 진흙탕 세례

꿀빵 꽃잎 흩어지는 매점 지나고

가끔은 두 눈 질끈 감고

버스비를 온전히 지켜내는 것

비합리적인 토끼와 도끼사이

*추울 때 소의 등에 덮어주는 멍석

샌드위치

맘 편하니

그는 소파에 기댄 채

여전히 헬륨 풍선 죽였거나 죽일 듯
탁한 목소리 내고 있다

그의 목소리 들어간 이물질의 끈질김

한쪽 걸어둔 키친타월처럼
굽어야 닿는 자리

기우는 메추리알 닮은 수크령의 눈

더 진지하게 해쓱해지기로 한 여름

주방 서랍마다 목소리
기찻길 찾고 있다

을숙도 댄스

명지 갈미조개 마른 낙조 걸려있고

갈대 껍질 낱알 아무렇게나 던져지고
찌그러지고

외줄 오르는 두레박

이제 벌거벗은 너 한 겹 휴지로 가렸으니

수증기로 변하는 과정은 일순간이다

나는 또 지인이 밤새 떠왔다는
8개의 목도리에 목을 축이고 얼마나 교만해질까

소주다
카페 다른 한쪽에서 와글와글
의기투합하게 될 줄이야

목덜미 친친 덧씌워진 전봇대 옆 갈매기 가로등
화로무덤 속으로 따뜻하게 녹아들고

유머극장   조준 · 사이펀의 시인 · 05

제2부

옆구리

친구 별장에 있는 동안

옥수수수염을 기를까 생각했다

나는 쉬지 않고 먹었다
큰일이라도 있는 것처럼

신상 기다리는 끓어오르는 튀김옷

날로
팥죽 새알만큼 뜨거워졌다

아름드리 일백 마리 말의 나무이거나
꽃잎이거나

여름날 시소 위 앉아있는 수박이거나
수로이거나

이번 일은 내밀하게
아오리 사과 차례다

착화탄 정원에 모인

울을 치고 있는 대나무는 무수한 파도를 지나 무순 같은 색깔을 새겨 넣는 (일) 꽃대가 실낱 같이 제 몸 가늘어 가는 줄도 모르는 (일) 찰싹 붙은 팬 위로 지지직거리는 구멍들 착화탄 숨구멍 되어주는 (일) 그 대나무 그루에서 대나무가 되는 (일) 어렵고도 어려운 (일) 바싹 잘 마른 빨래를 걷을 때만이 아닌 대나무 울안 붓꽃 독일붓꽃 목단꽃 고운 색실 하나씩 뽑아내는 (일)

샵

　가장 가벼운 소금쟁이 가장 무거운 우물 몸뚱어리 미끈한 둥
근 머리 물살 쏠리듯 동동거리는 외줄 매달고 올라온 탄탄한
허리 손바닥 탁탁 두들기면 우물 안 가득 못물 불어나듯 번져
났지 털 까칠한 목 줄기 까만 천막 위 컹컹대는 한여름 밤 너
의 꿈 아득해 핏기마저 노란 키 자라고 탱탱한 반달눈썹 문신
나도 너도 사랑스러워 까무러칠지 몰라 달콤한 뒷맛 그 뜨거
운 열대야에 말라죽지 않아 그 먼데서도 살아 돌아와 살 돋아
나고

명장면에 대하여

잘 여문 콩과 벌레 먹은 콩

둥근 밥상 좌선할 때면 좌선하고
울력의 마음 은밀히 같이 하기로 했다

찌그러져 세로인 이면
그 안에 둥근 얼굴 중심

밥상 위 가장자리 그어진 원

자루포대 지키는 경계 쌍벽루

면발 자라나 입술 자르면
송장 되나요

알곡 털어낸 볏짚 사이
산등성 없어진 쭉정이

죽은 목숨일까요

예고편 없이 공포영화 스크린

공포영화 너무 잔잔해 너무 시시해

하늘 다 보인다고 말해주면 좋겠어요

곧 갈아 끼울 휴지라고 말해보죠
천도복숭아를요

탱자나무는요

그는 지나가는 자동차 기름 냄새가
좋으냐고 물었다

누가 그러는데 저 냄새가 좋으면
위가 좋은 거라고 말했을 때

나는 스무 살 남짓
그에게 해줄 수 있는 건 매캐한 냄새가 좋다는
그의 말을 믿어주는 거였다

떠나갈 것들을 가려내며
어른이 되어가는

머지않아 떠나간 새들과 떠나보낸 종이배들이
특별한 재회를 하겠지만요

그러나 반월은 타임머신처럼
중천에 떠있고

울타리나무 가슴 가장자리에 패인

물찬 신작로

쓸고 닦고 돌아서도 잎의 입술이 갈라졌다

그해 5월은 비가 오지 않았다

타월

어제도 오늘도 벽 쌓는 시도 멈추지 않고 반복하지만 하루 몇 줄씩 허무는 데는 순식간이다 어떤 때는 솜털처럼 귓불 보송보송한 아이였다가 새 머리 한 뾰족한 각이었다가 잔뼈 굵어지고 절굿공이처럼 닳아있다 두루뭉술 말아놓기로 해야지 느릿느릿 외곬에서 걸어 나와야지 하룻밤사이 늑대의 무리 좇아가다 뜻밖에 눈이 내려주고 사냥꾼 달리던 걸음 멈췄다 더 넘을 수 없는 선 그어져있다 타월은 축축해진 얼굴 혼자 닦고 있다

그때 아버지 입장

아버지 아주 오래전 뜨거운 감자 쥐듯 하얀 장갑 속 쥐락펴
락하지 못했을 거야
저 장갑 안 마디마디 귀퉁이 다 닳은 털 머위 꽃 노오란
슬몃슬몃 잘려나가는 순대처럼 떨고 있을 거야
눈물 훔치지 않기로 했는데
전문 주례 생략했다니
자주 손 잡았더라면 아무 일 없을 거야

그냥 그의 말 들어주기로 했어
아버지 말고 신랑 입장

쉿! 생애 한 번뿐인 상견례 우리 다 같이 어린 신부 처음 보
는 날이니까

유머극장

　나는 가두리양식장 갇힌 물고기처럼 느릿하게 얼마 걸어 나
가지 못했는데 사람들은 재바른 걸음으로 걸었고 답은 어디에
도 없고 차창 그 밖에 없고 커피를 텀블러에 담을까 종이컵에
담을까 순간 KTX 반자동문 닫히고 번호표 들고 제자리 찾아
가는 사람들 틈에 섞여있고 나는 9호차에 있고 8호차에 있고
차창 밖 이리저리 방향 틀지 않고 움직이지 않고 어망에서 뛰
어 나온 빈뜩이는 멸치의 눈빛처럼 역방향을 오가는 사람들
누군가 일분 남겨두고 열차를 잘못 타 쿵쾅거리며 달려 나간
긴 복도의 여운처럼 추리는 순식간에 끝나지 않고 유머는 겨
우 바깥 빌딩숲처럼 움직이고 서서히 가파른 길에 들어섰다

일몰

실핏줄 터진 튤립

차가운 것들!

등 뒤의 팔에 집중하기로 했다

순한 등은 선반에 앉아있고

천장과 손끝 사이

수박넝쿨 출렁이고

팍, 동백꽃 셔터 터지고

오, 동박새 눈테 박혔다

수박나무

풍성한 하나를 위한 게임 같은 수박● 기울어진 어깨들이 툭 툭 털어낸 다섯 마디에서 발을 구르고 해마다 여덟 마디에서 파랗게 잘린 약속이 생각났지 꾹꾹 눌러 감는 소리 열일곱 마디의 눈빛 두렁 끝에 올려둔 1● 제 입 잘려나간 줄 모르고 마디는 굵어지지 하나로 가벼워진 하나는 완벽한 변환을 요구한다 2도 아닌 마지막 1이 이겼지만 자리를 박차고 일어나 1이 아닌 누구도 실려내지 못하는 것 열다섯 가지 상자 속 두 눈 가리고 충분히 적나라하다 열다섯에서 선택한 넷 중 하나로 변신하는●

양애갓*

연초록 어미머리 자줏빛 입술 오므리고 있어
빨간 고추장 검붉게 익어가요

뒤꼍 돌담 감나무 잎들 사방으로 찾아 나서요

우물에 띄어놓은 수많은 빗물 올라와요

우후죽순 돋은 쇠비름
그대 바람의 다리 핏대 세우는데

가장 잘 익은 여름 아직 배달하지 못한 피크닉 가방
흰죽처럼 늙어가고 있어요

늙은 아이들 일 마치고 돌아와요

*양하

물리적 격리

여름 한철 뜨거운 밤 끓어오르지

타다닥, 캔 뚜껑 따는 소리
방안 가득 차오르고

;;살 구멍 찾는 소리;;

아무렇지 않은 듯
눈 감아버리고

내가 편하자
약 드렸지

빛이 방밖으로 빠져나가며
누군가 떠나가고

여기는 여전히 뜨거워

스크린도어 있고

스크린도어 없고

;;살 구멍 찾는 소리;;

겨울 한철 차가운 낮 끓어올라

유머극장　　　조준 · 사이펀의 시인 · 05

제3부

남자가 밭을 손질하고 있다

밭고랑 가슴살

퍽퍽한 가슴살 아닌
보드랍고 살가운 어미였지

자꾸 흘러내리는
민낯 도드라진 이랑

몇 번이고 추슬러 다독이고

아직은 아찔한 절벽 위

너는 가장 따뜻한 가슴 내어주고

맑은 물가
흰 태극나비 날개 합장하듯

남자는 하나에 온 집중을
모으고 있다

콩새

어제 야근하고 돌아온 어깨
고이 하얀 풀 먹은 꽃들
걸을 때마다 찢어진 다리들

뜨거운 팔월의 정오는
중간 지지대에 갈비뼈를 걸친다

감나무 한 마리
오래된 날개 흔들고

젖은 몸 말리자
발그레한 집게의 담 넘본다

젖은 무게와 무게를 견디는 집게
가장 햇볕이 잘 드는 중간 지지대를 감싸고 있다

흐물흐물 오래 익은 감정일 때

고등어에 깔린 무의 탄생

낯익은 꽃무늬 쟁반
그 위에 청아한 물방울 하나

쭉쭉 뻗은 메타세쿼이아의 방귀처럼

소리가 소리를 맞댄다

양팔근육은 방귀를 받들고 있다
가끔 들숨날숨마저 멈춘 듯
살짝 고개 수그리면

오랫동안 뭉근한 소리
둥근 저녁이 된다

매듭

어두컴컴한
병풍 퉁퉁 부은
흙벽지들 그 밀쳐놓은
보자기 아기별이었지 멈칫 놀라는
굵은 발들 지나쳐 나올 뿐이지 진열된
발찌의 가짓수 소박한 마당 행거에 걸린
몇 아닌 어둠들 휑한 대문은 외로워서
웃고 있지 작은 마당 천진난만한
웃음소리 우루밤바 속 벽화 사방
의 아득함 켜지 않은 전등
느린 화면은 느린
화면 그대로

썰매타기

*
소여물 핥는다 정함으로 꾹꾹꾹
두루두루 뭉친 혈점 찾아지고
고사리 손 꼬들꼬들 기어들어 갔지

**
아랫목 구들장 둘러싸여
한동안 주머니 속 호두알 만지작거리며
술렁술렁 단단해지는 그맘때
팔베개 못해 눈 간질간질거렸지

***
누르스름 익은 볏단들
모로 꺾어 누웠다
삼베보자기 속 항아리 윤나고
눈올지게 여문 꽃 피었지

51

여름새

버찌 까만 속보다 무더운 날

밀도 낮은 두부 구르듯
어린 옥수숫대 비켜가고 있다

동해남부선 일광 지나고

북로 뚫고 신의주까지
하바롭스크에 다다를 때까지

냉수 말아먹을 맨밥도

어른어른 피어오르는
낯익은 옷자락도

엄나무 흔들리고 엇나가는
여러 갈래 잠재우듯 다독였다

풀들은 있는 힘 다해 발끝 세워 오므렸다

엉덩이 끌며 더 높은 자리로
이동할까 생각했다

부탄 사람들의 간절한 기도처럼
자연 그대로 익기를

밤새 편히 지냈어요?

노모는 땡볕에 갇혀있다

고랭이 논

아버지의 칠흑의 여름

애달픈 애꾸눈

송편 밑

군더더기 없는 매끈한 알몸
사랑하기 좋도록 둥글어졌다

발그스름한 입술 안
색색이 옹골져서

은근한 연탄불처럼 엉겨 붙지 않겠지

미끄덩대는 엉덩이 밑
솔가지 켜켜이 깔아

이 잘 맞은 솥뚜껑 뜨거워지고
둥글어져 부풀고

이제 달 뜨면

네 잎 클로버 – 해지도록 쪼그리고 앉아있다

우리는 죄다 질퍽거리는 여름날

땅으로 번져가는 푸른 치마폭 하얀 꽃송이

그때는 얼마나 위대하게 다가왔던지 어느 날은 시험을 망치고도 즐거워

미안해요 너무 오랫동안 당신의 가느다란 발목을 붙잡으려 질척댔어요

창동마을 집까지 매점 유리창에 붙여진 찹쌀도넛 날갯짓 꾹 참았다

당신을 찾은 그때는
편지 오는 날

간 다 오그라들며 걷던

교련시간

학교 초입 오래된 감나무, 닭 볏 같아 근엄했던
맨드라미 꽃

그와 나누는 비밀스런 푸념들 불그레 피어나
개울물 쏼쏼 흘러내리고

맨드라미 꽃 아주 오래 전 우리 몸 어디쯤 타
오르던 불씨였을 거야

뽀족뽀족 키 높이던 옥수숫대만큼 교복바지 너
비 반짝였지

교복바지 영점 일 인치
교련선생 불호령 갈렸지

집으로 돌아가는 황톳길
뒤틀린 시간들 아우성치고

11월 늦가을쯤이었을 거야

모래실*

오뚝오뚝 펭귄 쫓아가다
해거름 지친 듯

너는 버스정류장 털썩 주저앉았니

별 단 만원버스에서 내릴

오늘도 오지 않은 찌그러진 달
그렸다 지웠니

휑한 막차 정류장 열었다 닫았다

약속된 배가 오지 않은 까닭에 대해

곧 풍랑 잦아들지에 대해

자작나무 몸통 같은 눈송이
온기 자라나고 있다

얼음장 같은 시간

전방 일천 미터 끝밭 모랭이

*거제 사등면에 있는 지명

안창마을

거기요

돌담장 구멍 사이
삼촌 같은 맏 오빠를 불렀다

언니는 외출 중

나는 돌꽃 잘 다듬어진 담장 속
기웃대고 있다

한 올마다 정성스레
물 바른 머리

하얀 계단들과 계단들
숱한 눈썹 같은 수줍음 감추고 있지

오르락내리락 명절 떡살
절구통 같은 골목길 따라 꿀렁이고

우기 반짝
막 내리는 반나절

농가의 하루

오랫동안 불을 끈 방안에
습기 몰아내는 소리 컹컹하다

이미 돼지감자처럼 익숙한 소란
오후 다섯 시를 짖는 옆집 만원이가 있다

만원이는 밖을 내다보지 못하고 갇힌다
돌아올 동안의 하루는 너무 오래다

적막한 바람에 축사 냄새가 났다

또 다른 다나스

사람들이 좋아할 매력을 지닌 그가
곧 1호 앞바다에 이른다고 했다

거기까지 예측하고 있었다

변장할 태풍의 늑대가
서둘러 달리며 내는 소리
덜거덕거리는 폭우 곰을 덮쳐왔다

그리고 앞바다를 가득 채운 일렁이는 먼지는
구름과도 같다
예측했던 것보다 아찔한 여름이
막 출간되었다

아는 것이라고는
까마귀밥여름나무 남았다

제4부

돌아와서 순하게 되다

토요일이라 3층까지 숨 참고 뛰었다

접수마감 한 시간 남기고
대기하는 사람들 북적였다

뜨거운 물 자주 마시라
간호사 말 흘려듣고
아이스커피 주문했다

옥수수죽보다 빵 받는 줄
사람들 몰려있다

복도 떠들썩한
옥수수죽보다 빵 든든했지

기침이 몰려왔다
작은 규칙들만 눈부시게
살아남았다

바다 경계선은 어딘지
우리가 예약한 겨울바다는 얼어있다

한 발 더 다가갈수록 들끓고 있는 양철지붕
바리게이트 친다

거친 파도 속
핏기 없는 매스꺼움
열심히 노 젓는다

낚싯바늘 미끼 하나 꿸 줄 모르니
바다에서 나지 않았고 질식해 죽을 일 없고
물이 싫은 사람 얼음이 좋은 사람

거기서는 고향이 뒤바뀌었다

색색의 빙과는 그예
녹아들었다

감옥

입은 웃고 눈은 이글거**립**
부드럽게 신발 끈을 매만**집**
스웨이드 신발은 벽을 꿰뚫어**봅**
빼곡한 신발장은 모퉁이 구석진 자리에 있**습**
분주하게 벗어던지**는**
바닥 먼지에 쓸려 나**갑**
신발은 각진 색깔**입**
스웨이드 신발은 다 젖겠**습**
힘든 일도 아니고 하찮은 일도 아**닙**
다 젖으면 말리지 않겠**습**

정초 사람들

울고 있는 종이컵 만났다

얼떨결 호칭되어
얼떨결 휑한 그곳

따라주는 대로
입 벌리고

갑작스럽게 생쌀 같은 소주

끝끝내 종이컵 떠나지 못했다

정지 화면 속 낯선
무표정한 사람들

안온감마저 닿을 평원의 길
어디에서 얼고 있을까

누군가 떠나든 죽든 우리는
이미 위대한 혼자라는 것

사람들의 표정이 끝날 때까지
무표정은 웃고 있다

시치미

코바늘에 걸린 시간들
늘어졌다 줄어졌다

어제 한 일 똑같고

된장 조물조물 무친 시래기
씰뜨물 부었더니

겹눈 잠자리에 걸린 매의 눈빛
쓰개치마로도 가려지지 않는다

거칠게 닦인 포장도로
오징어 먹빛 튀듯 달리다

후추도 고춧가루도 아닌
검은 대마열매 맛에 밤 꼴딱 새우다니요

기와 꽃은 백년 지나야 피어나고
백년의 크기 어떻게 알까

일곱 가지 향신료 아주 작은 나무통에
다 담겨졌다

무리

미로와도 같은 입구
지하철 환승하듯 밀려 타고 내리고

둘러봐도 처음부터 그 자리였던
군데군데 친절한 푯말

어둑어둑해졌다

지하철21건 버스9건 알림문자

　고들고들 익어가는 도시의 열기는 평일의 오후만큼 길다 삼
복더위 무리에 섞여 같은 담벼락 다른 주소 푯말 사이 서성이
며 집중을 놓치고 있을 때 낯선 주차장의 공허함이 일방통행
로를 빠져나가지 못하고 줄지어 서행을 한다

미로와 출구를 오가며
B동 411호가
꼬들꼬들해졌습니다

아버지라서 좋겠다

아이 물 한 컵 붓고
구부린 몸 더 구부린다

배어나온 핏물
설구워진 파편
서로 엉킬 듯

걸러내는 얇은 손가락 사이
더 얇게 빠져나가는
지게미
긁어모은다

주르륵 쏟아지는 계절은
어머니의 까만 운동장 닦고 있다

아직 운동장 도착하지 않은 아이

빗물받이 꽃그늘
아버지처럼 숨어있다

여행지의 섬

이수도 선착장 바람 참고 있다

배 놓치고 기다리는 길 17분 늦은 일행이 오고 해변에 닿기
위해서 다 급했으므로 서둘러야했다

승객들은 표를 사기 위해 바닷물 위 줄을 섰다

그런데도 줄은 끝나지 않았다

사람들이 모여 선착장 위에서 발을 구르고
막배를 기다리고 저 배는 우리가 기다리던 바다인가

비가 내리는데도 몇 분 더 기다리기로 했다

바람이 거세지려고 한다

치커리

한 사발 들이킨 여름
환히 웃고 있다

어머니 한숨 섞인 모시적삼

언제나 빳빳한 풀 화색 돋아

초록은 유자마들렌 욕심이라고

고구마 줄기처럼
그냥 딸려 나오지 않을 것이라는 걸
알아내었어요

공휴일마다

점점 입술 자라나
엄숙해지고 있을 거예요

심장 조각나 쩍쩍 갈라진 땅

갯가재

열 겹 넘는 모래 속 구멍 열고
응시하고 있지

햇볕 넓혀놓고 연막구름 펼치고

허름한 누각 같은 모래벽 따라
스트레칭 하듯

만세한 손가락 나붓나붓 타고
쑥 오르는 쏙

진달래꽃 눈치챌까 봐
타이밍 따로 있었지

한 움큼 잡았다 놓쳤다
반복하는 여름 구름

그 속 열 겹 모래로
파묻혀있다

딱 새우처럼 생긴 것이
딱새우도 아닌 것이

무술년 아침

멸치덕장 은은함으로

솔가지 뺨 뜨거워지고

텔레비전에는 몽골 설원 위
몽긋몽긋해지는 화롯불 사색들

금박지 싸인 선물용 과일
배달되어왔다

깻잎머리 금발
별바다 모자 되었다

황금의 새해
끊임없이 밝아져왔다

라벤더

이른 한여름 허벅지 맨살 흰하다

오르락내리락 연신 하늘 꽃대 뺨 찌르고
그래서 등살 패였다

목 길어 슬픈 사슴이라 했는데
라벤더 그 정도 알아듣고 있나

생각 길동그란 그 끝에
풀벌레 개미들 땅으로 내려앉고

비 오고 가고
그 어떠한 달콤한 덫도
보랏빛 긴 몸통 속에 있다

흑자두꽃

자갈통 흔들 듯 깨웁니다

과일 속 여물지 않은 씨방입니다

앉아도 눈 떠지지 않는

월요일도 영영 생각나지 않는

항우장사 같은 무게 눈꺼풀 굴리고 있습니다

헐거워진 후크 다시 채웁니다
마지막 디테일은 복병입니다

출렁다리 파란색 죽음이 다리로 올라옵니다

밤새 붉은 입술로 불어 올린 풍선
새하얗게 터져버렸소

하나하나 달큼한 열매
축제장에 펼쳐두겠습니다

더 깊은 갯버들

댓바람 버들에서 내린

쭈그러져 깊은 양동이들

태풍에 저항하는 밑줄 노란 보도블록

찰랑이는 저울 눈금
호박 속 박박 긁는 숟갈처럼
휘어집니다

어딜 봐도 정상인 저울
보이는 풍경과 실제 사이

거센 비바람마저 쏟아진
탄피 맛입니다

급랭한 문어발처럼 덜 녹은 양동이
저울은 어디쯤일지
길게 한기를 빼는 중입니다

유머극장　　　조준 · 사이편의 시인 · 05

시
집

해
설

균열을 넘어선 둥근 화해和諧

구모룡(문학평론가, 한국해양대 교수))

시인은 누구보다 먼저 보고 듣고 느끼는 사람이다. 민활한 감각으로 사물에 다가감으로써 일상은 추상을 벗고 구체의 표정을 드러낸다. 시집의 첫머리에 놓여 있는「1분」은 아주 짧은 시간 동안에 지각되는 여러 가지 일들을 진술한다. 이런저런 상인들의 목소리와 그들이 팔고 있는 상품들의 모습이 소란스럽게 겹쳐 있다. 말과 장면이 뒤섞이면서 스쳐 지나갈 수도 있다. 하지만 화자는 하나하나의 장면들을 그대로 포획하려 한다. "차가운 목전"이지만 "둥글둥글" 굴리고 "펄펄" 날뛰면서 "부드럽고 달콤한" 정경이 펼쳐진다. 그야말로 "알아 움직이는" 광경이다. "아직 늦지" 않은 활기가 내면으로 스며든다. "그래도 시든 것은 값이 안 나가 중앙시장 안 포장마차 주인 빨강 립스틱 묻은 소주잔 키친타월로 스윽 닦아내며 중얼거렸다 나는 다 알아듣지 못했다"라는 결구를 통하여 감각을 열고 더 많이 지각하려는 의지를 보인다.

일상을 새롭게 지각하고 생활세계의 질감을 회복하는 일은 시적 인식을 열게 한다. 이는 경험이 휘발되는 추상적인 삶을 구체적인 언어로 그려내는 과정에 상응한다. 소소한 사건조차 시인의 응시는 놓치지 않는다. 감성으로 다가가 내면으로 회수하는 한편 다시 밖으로 표현한다. 다가가서 만나고 안으로 가져와 밖으로 표출하는 과정에서 늘 언어는 난관으로 다가온다. 이를 극복하기 위하여 이미지와 은유가 필수적이다. 은유는 확장과 수축과 왜곡을 모두 가능하게 한다. 이것은 병치와 치환의 방법으로 시인의 지각을 구체화한다.

> 겨우 래시가드 수영복 샀다 오랫동안 붙박인 겨울의 얼굴
> 너무 커 창문마다 불 끄고 소분한 바람 돌렸다 물안경 쓰며
> 살아내는 것 아닌 일 오리발이면 굶아떨어져 나앉을 일 바
> 나나껍질 벗겨내는 것처럼 가벼운 일 아니에요 햇볕 품은
> 사람들 온열병 올라오고 떠나야 한다는 것에 대한 생각은
> 불면의 바다처럼 노란 조등 밝히고 뜨거운 햇살 익어가는
> 생명들 아슬아슬하게 목숨 두 손 받쳐 들고 올록볼록한 얼
> 음들 들끓고 있는 마당 조금씩 어울려야지 블라디보스토크
> 로 가는 열차는 차가울 것이라는 소란도 잠시 언제 그랬냐
> 는 듯 올 여름 휴가 뜨겁고 긴 그 집요한 기록들 보일락 말
> 락 넌 오느냐
>
> — 「여름의 얼굴」 전문

"래시가드 수영복"을 사고 "여름휴가"를 생각하는 소소한 일이 매개되지만 도래할 "여름의 얼굴"은 "오랫동안 붙박인 겨울의 얼굴"과 대비되면서 시적 화자가 품은 내면으로 이어진다.

시 속에 그려진 자아의 내면은 자동기술이나 연상으로 표현된 듯이 불연속적인 이미지들의 조합으로 나타난다. 첫머리에 놓여 있는 "겨우"라는 부사에 주목한다. 일상의 무게가 느껴지는 대목이다. 겨울에서 여름을 상상하며 그 환상을 그린다. 이러한 과정에서 시적 화자의 의식은 겨울과 여름을 대체나 갈등의 관계로 표출하지 않는다. 이보다 어떤 삶의 정황에서 다른 삶의 정황으로 이월하려는 "보일락 말락"한 열망을 나타낸다. "넌 오느냐"는 물음도 내밀한 의식의 발로이다. 일상은 섬세한 시인의 마음에 닿아서 "탐정소설을 처음 접한 것처럼"(「처음 오신 분」에서) 새로움을 들추어내어 낯설게 하는 영역이 되거나 인용한 시와 같이 다른 세계에 대한 갈망과 탈주의 자리로 변주된다. "익숙함"이 밀려나면서 사물들의 표정과 질서가 바뀐다. "시간의 오카리나 어디로인지/빠르게 변해가는 멜론선인장//양곡상회 겨울채비/홍당무 토끼처럼 뱃살 늘어나고 있다"(「유행성 칩」에서)와 같은 구절처럼 일상을 구성하는 소품 하나하나가 다르게 보인다.

시인은 일상의 안에서 기억을 환기하고 그 외부를 상상한다. 추억은 현재의 자기를 비추는 거울이다. 일상을 구체적 감각으로 다시 보듯이 회상은 일상을 분리하는 효과를 불러온다. 「썰매타기」가 제시하는 풍경의 이미지는 정겹고 따스하고 평화롭다. 눈 내리는 시골 마을에 환한 이미지들이 꽃핀다. 기억의 자리에 각인된 순결하고 밝은 장면들은 나날의 존재를 깨우친다. 시인에게 시를 환기하는 힘은 이와 같은 추억에서 비롯한다. 「네 잎 클로버-해지도록 쪼그리고 앉아있다」나 「교련시간」도

추억의 양식이다. 행운의 풀잎 하나를 찾기 위하여 종일 쪼그리고 앉아있던 시절을 기억한다. "학교 초입 오래된 감나무, 닭볏 같아 근엄했던 맨드라미 꽃"은 "아주 오래전 우리 몸 어디쯤 타오르던 불씨"로 남아 있다. 추억의 양식에서 일상시가 보이던 이미지의 균열은 사라진다. 그만큼 행복의 공간이고 화해의 풍경이다.

> 오랫동안 불을 끈 방안에
> 습기 몰아내는 소리 컹컹하다
>
> 이미 돼지감자처럼 익숙한 소란
> 오후 다섯 시를 짖는 옆집 만원이가 있다
>
> 만원이는 밖을 내다보지 못하고 갇힌다
> 돌아올 동안의 하루는 너무 오래다
>
> 적막한 바람에 축사 냄새가 났다
>
> — 「농가의 하루」 전문

이처럼 어법이 간결하고 이미지가 투명하다. 내면의 투사가 필요치 않을 만치 교감이 있으니 시적 화해가 서술적 이미지를 불러온다. 「농가의 하루」는 공감각의 세계이다. 이와 같은 공감의 시공간은 잔존 이미지에 가깝다. 나이가 드는 세월 속에서 곳곳의 균열과 직면하게 된다. "떠나갈 것들을 가려내며/어른이 되어가는//머지않아 떠나간 새들과 떠나보낸 종이배들이/특별한 재회를 하겠지만" "울타리나무 가슴 가장자리에 패인/

물찬 신작로//쓸고 닦고 돌아서도 잎의 입술이"(「탱자나무는요」에서) 갈라진다. 서정시에서 동일성은 하나의 지향이다. 분열조차 이러한 지향의 표현에 속한다. 가령 「고랭이 논」은 "아버지의 칠흑의 여름/애달픈 애꾸눈"이라는 2행시이다. 잡초 "고랭이"로 인하여 힘들어진 아버지의 "논" 노동을 "칠흑"에 비유한다. 추억 공간에서 균열은 대체로 가족 이야기에서 비롯한다. 「아버지라서 좋겠다」는 아버지와 대비되는 어머니의 노동을 말한다. 모성과 부성 어느 한쪽의 편향이 아니라 그들의 삶에 내재한 양상을 말한다. 「그때 아버지 입장」은 딸을 시집보내는 아버지의 "입장"을 진술한다.

한 사발 들이킨 여름
환히 웃고 있다

어머니 한숨 섞인 모시 적삼

언제나 **빳빳**한 풀 화색 돋아

초록은 유자마들렌 욕심이라고

고구마 줄기처럼
그냥 딸려 나오지 않을 것이라는 걸
알아내었어요

공휴일마다

점점 입술 자라나

엄숙해지고 있을 거예요

심장 조각나 쩍쩍 갈라진 땅

– 「치커리」 전문

"심장 조각나 쩍쩍 갈라진 땅"이라는 결구에 의미가 모아진 이 시는 애매성ambiguity을 지닌다. 일련의 이미지들을 병치함으로써 결구는 표제와 연관된다. "한 사발 들이킨 여름"의 주체는 여름인가 아니면 화자인가? 여름이라면 소나기 내린 이후의 쨍쨍한 상황이라 할 수 있다. 달리 다음 연에 등장하는 어머니일 수도 있다. "모시 적삼"으로부터 연상되는 "빳빳한 풀"은 동음이의어 풀로 전환되면서 "초록"의 이미지로 나타난다. 화자가 "유자마들렌"을 만드는 과정에 있음은 "고구마 줄기처럼/ 그냥 딸려 나오지 않을 것"이라고 고백하는 데서 알 수 있다. "공휴일마다" 자라나는 "입술"은 어떤 일의 힘겨움을 암시한다. "치커리"의 갈라진 잎을 떠올릴 때 가능하다. 시인은 어떤 정황을 말하면서 그것을 명료하게 서술하지 않는다. 내면의 분열을 투사한 탓이다. 드러내면서 감추는 문법이라 하겠다. 어느 정도 언어유희pun가 가미된 표제 달기도 보인다. 가령 「샌드위치」가 그러하다.

맘 편하니

그는 소파에 기댄 채

여전히 헬륨 풍선 죽었거나 죽일 듯
탁한 목소리 내고 있다

그의 목소리 들어간 이물질의 끈질김

한쪽 걸어둔 키친타월처럼
굽어야 닿는 자리

기우는 메추리알 닮은 수크령의 눈

더 진지하게 해쓱해지기로 한 여름

주방 서랍마다 목소리
기찻길 찾고 있다

– 「샌드위치」 전문

　이 시에 등장하는 "그"는 누구일까? 연관된 이미저리는 다소 부정적이다. 표제인 "샌드위치"를 지칭하는가? "소파에 기댄" 사람이어서 "샌드위치"는 아니다. 본문을 통하여 "샌드위치"를 상상하기도 어렵다. 난해한 내면 풍경을 말하려는 의도가 읽히나 이미지들이 쉽게 치환되지 않는다. 시인은 어떤 "여름"의 정황을 표제와 겹쳐 표현한다. 이러한 시법은 「쇠덕석」이나 「검정 물고기－부추」에서도 잘 나타난다. 전자는 "삼월 중탁" "부르튼 손 너덜너덜해질 즈음"에 "먼지 폴폴 비포장 십리길/움푹 파인 진흙탕 세례"와 "꿀빵 꽃잎 흩어지는 매점"을 지나서 걸어가는 사정을 "비합리적인 토끼와 도끼 사이"라고 표현하면서 "쇠덕석"의 이미지를 절합한다. 후자는 잘라도 또 자라는 "부추"의

생태에 기대어 연상을 이어간다. 부추를 통해 "소나기보다 한 발 물러나서/가끔 아무것도 안 할 자유"를 생각하면서 "막 건 져 올린 다시마의 반작거림"과 "이미 수평선 너머로 사라진 한 조각/물고기비늘"을 상상하고 결구에 이르러 "때로는 예수가 검정 고무신을 끌고/에스컬레이터 속도에 속도를 타고/올라간 다"라는 환상에 이른다. "부추꽃의 고고함을 보았냐는/산내 주 말농장 주인에게" 던진 질문에서 촉발된 시적 과정이 상상력의 증폭으로 귀결한다. 사르트르의 말처럼 상상하는 행위는 새로 운 세계를 구성하는 일과 같다. 시인은 하나의 사물과 정황과 사건으로부터 연상되는 이미지들을 이어가면서 시적 자유를 구가한다.

> 나는 가두리양식장 갇힌 물고기처럼 느릿하게 얼마 걸어 나가지 못했는데 사람들은 재바른 걸음으로 걸었고 답은 어디에도 없고 차창 그 밖에 없고 커피를 텀블러에 담을까 종이컵에 담을까 순간 KTX 반자동문 닫히고 번호표 들고 제자리 찾아가는 사람들 틈에 섞여있고 나는 9호차에 있고 8호차에 있고 차창 밖 이리저리 방향 틀지 않고 움직이지 않고 어망에서 튀어나온 번뜩이는 멸치의 눈빛처럼 역방향 을 오가는 사람들 누군가 일 분 남겨두고 열차를 잘못 타 쿵 쾅거리며 달려나간 긴 복도의 여운처럼 추리는 순식간에 끝나지 않고 유머는 겨우 바깥 빌딩숲처럼 움직이고 서서 히 가파른 길에 들어섰다
>
> – 「유머극장」 전문

시집의 표제시인 이 시는 시인의 시적 지향을 집약한다. 먼 저 "가두리양식장 갇힌 물고기처럼"이라는 직유를 끌어오는 데

서 기억의 이미지를 환기하지만 시 속의 상황은 KTX 기차 안으로 전환한다. "가두리양식장"과 "기차 안"의 병치를 의도하면서 제 자리를 찾지 못한 시적 자아의 표정을 "어망에서 튀어나온 번뜩이는 멸치의 눈빛"과 연결한다. 여기서 "추리는 순식간에 끝나지 않고"라는 구절과 만나는데 "추리"가 시인의 시법과 연관되는 과정을 알 수 있다. 이는 앞에서 언급하였듯이 "탐정소설을 처음 접한 것처럼"(「처음 오신 분」에서)이라는 진술을 떠올리게 한다. 이러한 "추리"는 "유머는 겨우 바깥 빌딩숲처럼 움직이고"라는 구절과 결부되면서 의식의 지향을 드러낸다. 어떠한 안타까움이나 곤경 다음에 웃음으로 풀려나는 자아를 상정하고 있다. 추리의 터널을 지나 유머에 이르는 시적 자유를 갈망한다. 시인은 구체적인 삶의 정황에서 이미지, 은유, 언어 놀이, 추리, 유머 등을 끌어와 시적 자아를 열어가는 과정의 실험을 지속한다. 섣부른 화해에 안주하지 않고 균열을 직시하면서 내적 해방의 장소를 구한다. 「파종하는 날」에서 "원하는 것과 원하지 않는 것들은 끊임없이 시도해요 조율을"이라는 구절이 말하는 대로 시인은 시도와 조율을 반복하면서 "스노드롭"이 "원앙의 꽃으로 피어올라"오는 긍정의 지평을 궁구한다. 이는 다시 「깻잎」에서 다음과 같은 아름다움으로 변주된다.

흐르는 물 쉬이 타협하지 않기로 했다

온 몸 잔털 차가운 먹빛
그대로 마시기로 했다

보이지 않는 손
나를 잠시 담가뒀다 흔들었다

아직 사랑이 잔류하고 있다

안쓰러움보다 더 끈질긴 생명

－「깻잎」전문

　　"깻잎"에 시적 자아의 마음을 투사하였다. "차가운 먹빛"의
상황이지만 "아직 사랑이 잔류하고 있다"는 잔존의식이 삶을
깨우친다. "안쓰러움보다 더 끈질긴 생명"과 "사랑"의 지속으
로 비관은 낙관으로 바뀌고 구속은 자유로 전환된다. 추억 속
의 풍경이나 자연의 생명현상은 시인에게 화해와 긍정의 의식
을 품게 한다. 이는 사소한 기쁨과 만남, 얽힘과 균열이 수시로
발생하는 일상과 겹친다. 「을숙도 댄스」나 「옆구리」처럼 삶의
문제가 자연 사물을 매개하여 해명되고 표현된다. 이 경우 동
화와 투사는 주요한 시적 방법으로 동원된다. 전자는 "명지 갈
미조개"를 먹는 과정에서의 느낌을 풍경에 투사하며 후자는
"아오리 사과"를 시린 "옆구리"와 나란히 놓는다. 경쾌한 은유
의 유희가 삶을 밝게 한다. 이는 「착화탄 정원에 모인」과 같은
시에서 잘 드러난다. 착화탄을 대나무와 연결하거나 구멍마다
타오르는 불꽃을 "대나무 울안 붓꽃 목단꽃 고운 색실 하나씩
뽑아내는 일"로 표현한다. 피어나고 일어나는 역동적인 이미지
들을 포획하는 시적 의지는 시인이 삶에 대하여 민활한 감각을
유지하고 있음을 말한다. 간혹 이러한 과정은 「ㅅㅂ」과 같이 알

쏭달쏭한 표제를 연출하기도 한다. "한여름 밤"의 추억을 말하
는데 타나토스를 이겨낸 에로스의 생명의식이 선연하다. 이는
곧 만물은 서로 돕는다는 "울력의 마음"(「명장면에 대하여」에서)으로
번진다.

> 어제 야근하고 돌아온 어깨
> 고이 하얀 풀 먹은 꽃들
> 걸을 때마다 찢어진 다리들
>
> 뜨거운 팔월의 정오는
> 중간 지지대에 갈비뼈를 걸친다
>
> 감나무 한 마리
> 오래된 날개 흔들고
>
> 젖은 몸 말리자
> 발그레한 집게의 담 넘본다
>
> 젖은 무게와 무게를 건디는 집게
> 가장 햇볕이 잘 드는 중간 지지대를 감싸고 있다
>
> — 「콩새」 전문

"뜨거운 팔월 정오" 감나무와 빨래가 널린 집의 풍경을 그렸
다. 이 시의 구성원리는 조응correspondence이다. 야근으로 무거
운 어깨를 한 사람과 꽃들 그리고 감나무에 앉은 콩새와 "발그
레한 집게"와 빨래가 한데 어울린다. 집게는 빨래집게와 동음
이의어로 시적 묘미를 더하면서 젖은 몸과 젖은 빨래의 무게를

날렵하게 끌어올린다. 노동으로 지친 삶을 사물들의 울력으로
견뎌낸다. 공감과 감수성은 생명을 가진 것들의 상호조응을 이
끌어 시적 화해와 행복에 이르게 한다. 이는 「흐물흐물 오래 익
은 감정일 때」가 들려주는 "오랫동안 뭉근한 소리/둥근 저녁
이" 되는 꿈과 다를 바 없다.

> 군더더기 없는 매끈한 알몸
> 사랑하기 좋도록 둥글어졌다
>
> 발그스름한 입술 안
> 색색이 옹골져서
>
> 은근한 연탄불처럼 엉겨 붙지 않겠지
>
> 미끄덩대는 엉덩이 밑
> 솔가지 켜켜이 깔아
>
> 이 잘 맞은 솥뚜껑 뜨거워지고
> 둥글어져 부풀고
>
> 이제 달뜨면
>
> ― 「송편 밑」 전문

　송편이 만들어져 익어가는 과정을 관능적인 이미지를 거쳐
달이 뜨는 데 이르도록 격상한다. 이처럼 상승하는 이미지들은
삶에 내재한 균열을 녹여내려는 둥근 화해 의지를 표현한다. 일
상과 사물을 세심하게 지각하는 시인의 눈은 구체적인 이미지

들을 포착한다. 풍경과 함께 즐거운 화해의 시간을 꿈꾸면서 내적이고 참된 삶을 실현한다.

　조준 시인의 시적 궁극은 화해이다. 하지만 그녀는 쉽게 이에 상응하는 진술을 삼간다. 일상과 생활의 무게를 진실한 마음으로 이해하기 때문이다. 민활한 감각은 사물을 새롭게 인식하고 익숙한 일을 낯설게 한다. 은유와 이미지를 통하여 시적 확장을 거듭한다. 때론 추리와 언어적 유희를 동원하여 상상력을 넓힌다. 내면으로 침잠하지 않고 유동하는 생명의 기운을 시의 내부로 받아들인다. 삶에 내재한 고갈과 죽음의 무게를 생명과 에로스의 의지로 극복한다. 이로써 한 시인은 탄생한다.